SOUR MASH

YURIKO TANIGAWA

サワーマッシュ　谷川由里子

SAYUSHA

サワーマッシュ

目次

ずっと月みてるとまるで月になる　ドゥッカ・ドゥ・ドゥ・ドゥッカ・ドゥ・ドゥ

ユニホームを着るのが好きだ似合わないユニホームならなおさらいいな

日の長い日曜日にはスカートをひるがえしてマーチングバンド

太陽がシーツを乾かしてくれるシーツは太陽を忘れない

住人がみんな布団を干しているアパートの角を右に曲がって

芍薬をきみにあげたい芍薬は、大きい、鮮やか、花びら、たくさん

空いてると思って来たら混んでいる火の玉ロックを聴いて待ってる

ずる休みの計画とか立てながらキャベツたっぷりクロックムッシュ

箸が転んでもおかしい無言の君の目がらんらんでもおかしい

はんこ・カギ　看板が顔を出している夏の道から遠ざかるだけ

生まれたてのように小さく溌溂とたくさんの虫の群れから群れへ

かまぼこの形の舟になれるならみるべきものはへんな夢だよ

双子用ベビーカーまで届くかなカースピーカーからサニーデイ・サービス

勇敢な風だと思うこの風に浮き上がらない体も同じ

日当たりのいい公園のブランコは夜になってもギラギラしている

月比べしながら歩く一本道　そっちの月も見頃だろうね

純粋に、みつけられたい　ブローチをつけて貰うとき　胸を張る

明滅のグジアンドロメダウラガはおいしいエチオピアのコーヒー

最高級仕様の仮設トイレだけ残して消えたサーカスのように
暗い星みつづけて溜めたちからで炭酸のペットボトルを開ける

薔薇が好きなあなたは薔薇に強くひかれているから悪い夢にはひかれない

まだ降ってないよこっちはいつもより白い車がきれいにみえる

公園は　すごろくだったらあがりかな　梅雨の晴れ間にあらわれる公園

風に、ついてこいって言う。ちゃんとついてきた風にも、もう一度言う。

まばたきで恋に落ちたら　バック・トゥ・ザ・フューチャーのドクの胸飾り

月がひかってる月がひかっているチャンスを棒に振るように生きて

木が根から抜かれるところ見たあとに声変わりするほど深く寝た

傘の杖　モールス信号送るから　どこかできみが泣かないように

鎧には鎧を重ねられなくて新しいスプーンで召し上がれ

ルビーの耳飾り　空気が見に来てくれて　時々ルビーと空気が動く

台風の過ぎたばかりの満員の電車に落ちてるけろけろけろけろっぴ

神がかってる日は笑いながらターキーがとれる次がダメでもスペアにできる

バルセロナバルセロナに行くその日までバルセロナに行くまでのこの日々

カナブンを片っ端から静寂に放つわたしはこんなに元気

宝箱みたことないからみつけたら青空のした釘付けになるかも

金色の扇子を開くときの顔で、バースデー・ソングを歌い出すひと

バースデー・ソングは歌い出す前の表情さえもバースデー・ソング

ワールド・ワイド・とうもろこしで歯をみがく夏までその歯を残しておいて

ほっぺたに当たる風にはほっぺたがある　ずっと仲良しでいたいな

この世が春じゃなくても秋じゃなくてもお花見をしてお月見をする

ポケットにお財布があるお財布にお金はないけどデパートが好き

虹色のハンドタオルを売っているワゴンの前で泣き出す子ども

改札をうつむかないで出てきたね一眼レフを首から下げて

もうほとんど雲を食べてる手を握って雲たべたいときみが言うとき

珈琲の染みがついてるデカマグを人間のほっぺたみたいにさわる

ぴかぴかに磨いた床の玄関であなたの靴も回復するよ

愛してる・シー・ユー・レイター・また明日　天気がよければ笑ってほしい

土間土間がいちばんすきな居酒屋だ。土間もすきだ。土間土間に行った思い出も好きだ。

夜をめぐるモノレールいつみてもピークいまこそがピーク進んでいくよ

きのうのディラン、今日はチャップリン　ノミになったら飛びまわりたい

からだをもっていることが特別なんじゃないかって、風と、風のなかを歩く

ポニーの歌をつくったら、ポニーという名のスニーカーをみつけた。

つやつやの心のなかの雨つぶをはねのける青い小さいポニー

風と陽は部屋に入らずやってきて出てもいかずにいなくなるんだ

季節のものを食べていれば大丈夫だよ。それは涼しい味がするから。

窓の向こうに無音で笑う女の子　日差しに頭をなでられている

聞き取れなかったあなたの声ならば、あつめて、編んで、天使のみつあみ

草花のように光を追いかけてきみのあたまに毛が生えてるな

ビーサンを履いたあなたとたこ焼きの舟を眺めて立って食べてる

何も話さないで碁盤に座るそのほうがよくきみといるようでいいのです

黙るから深刻になる　風がない日は、地球さえ大きくみえた

場違いな大笑いって五十六億年後に銀河を生むの

後ろ手にリボンを結びなおすのはダーク・ポニーが退屈なとき

ひとりごと大きな声でする胸に、花に、まみれた子どもの写真

夏づたい鼻の頭にたどりつく雨、ひとしきり　やってきたのね

家族とごはんを食べながら頭のなかで時計を解体して遊んでいる

5年着てこんなところにポケットがあったのかって驚きたいな

海風を顔に受けると気持ちいい伸びする代わりに帽子も飛んだ

会いたいのに会えないなんて七色の煙をはいて怒れ蜜蜂

あの籠を買ったら洗濯籠にして洗濯物を一挙に運ぶ

4人ともくたびれていてしょうがなくいちばん笑うやつについていく

あの草はつぶすと渋い香りがしたね、スニーカーですりつぶしてみる

いつの間に生い茂ったの、と見上げたら　風をこっちへ寄こしてくれた

岬というお店と崖の上に立ち雨の切れ間で日に焼けている

晴れてきた空を反映するように袖ケ浦のナンバープレート

旅先の立派な構えの公園のひなたのなさに笑ってすすめ

スーパーの名まえはきょうも気の抜けているほうがいい地球のために

雷が海に落ちたねわたしたち上へ上へと髪巻き上がる

平べったいワッフルかじる窓のそと巨大な壁のような風だな

全身にくる会いたいという気持ち山ですという山の迫力

カラオケのハンガー壊れるハンガーはドラムにもギターにもなるから

紙とペン　怪獣と光線ビーム　妹は下着でロックをきいて寝ている

1982年7月に誰かがのんだクリームソーダ

全身に空気を纏い眠るでしょう　きみは空気も味方にできる

夏休みを自分でとるのは大人だなダフ屋ほど日焼けしても気にしない

手で屋根をつくって歩くお前たち昼間の雨にひるまないでね

少しずつ透明になるはつなつの学芸会で虹を演じた

喜びは変な形の雲みたくひとり揺れてる突然みえる

慣れてない低い視界だふわふわと凧揚げみたい車の会話

きみの顔みながら鞄さぐるとき水中眼鏡ばかりがあたる

ああ昨日たのしかったこと寝ぼけてないよ昨日のみんな優しかったこと

耳元に小さな蜂が飛んでくるどんなことにも声で応える

蜂よ　二の腕が焦げたらスイートスポットだとか言って噛んでしまえよ

乾きかけのTシャツの下つるつるの瞳にうつす広い星空

会いたいと思ってこその帰り道だ酔ったら酔ったでくらくら帰る

ユニコーンの角、人魚のうろこ、お盆休みの爪の色を決めあぐねて

夕方のワイドショーみたいなニュースつけて寝るからご自由にどうぞ

半開きのドア、半開きのまぶた、トラックから雪崩落ちる土砂の、音

夏のみぎり　あなたの頭にアロハシャツ投げて10年返ってこない

ひとつだけ台詞が言える夜のおばけ　いい天気だねー　おばけは言います

どんぐりの形のサラミ薄く切り分けてさいごの夏の夕暮れ

荷台から飛び降りた猫みてごらんおおやけになる夕焼けだから

鉢植えの土に貝殻ならべ置く巨大なからだをあます人間

みのむしみたいでしょ　うんこみたいでしょ　茶色いタオルケットにくるまる

会話なんてひとつの可能性にすぎない秋の日の遊歩道はすばらしい

猫の影、月の光でのびている　話しかけたい地面のつづき

ボウリングをする前日は透明のボールとレーンがどこにも見える

ピンと目があったりピラフくらい食べきらないとスリーパーメイクは決まらない

先頭のピンを味方にひきいれて縦横無尽に倒してもらえ

新しいバスタオルはうれしいボウリングのあとの肩にしばらくのせておく

暑い日に毛布を二枚洗ってるふたりの雑魚寝のために二枚ね

物販で買ったTシャツ暑くもなく寒くもなくて眼に入る星

いないことも含めてきみだ二、三日掃除をしそこねた床で寝る

飲みかけのウェルチを冷やす酔ってても酔ってなくても夜明けのウェルチ

10年間　時計を床に置いている　蹴飛ばしても、時計　動いてる

キッチンでいつもみている風景を誰かが撮った写真で見たい

重いそろばんを貰った　新品の玉とは別のときめきがある

僕は、釣り好きだから、本当に釣りをしたいひとか、見抜けるんだよ。

杖の専門店に行く。見る、握る、地面をトン、と打ち鳴らしてみる

わたしの心のなかよりも鮮やかな色の車が次々に通るさよならさよなら

ビルの入り口に葉っぱが落ちている風がないからもう動かない

キャスターのついてる椅子を最大限いかして迫り来るきみの顔

かけていたＣＤを　いま聴いている　心にうつればリピートできる

暗がりで目が合ったネコ　その先は、祝勝会で貸し切りの店

ガムシロの器を小さく持ち上げてきみの体に心臓がある

あす、わたしは　ゆっくりのぼる　不思議な毛虫を見送るだろう

竹ひごで背丈のおなじ草を打つ自分の好きなリズムで生きる

風の日にあなたが壁に投げ込んだ憧れやまぬ百球だった

誕生日に貰った一円玉をヘッドボードに置く　百個ある

すべての対抗馬は愛ですか？　大変だね、きみも　いつも、ありがとう

アフリカのお土産だって　なにクリーム　と、考えながら手にぬった

あなたのほっぺたに落ちてすべるまでこの世で雨とよばれてあげる

クライマックスには生き返る　蛍光灯って小さくひかる棺みたいだ

ああよかった。どこにいても月がみえる。悲しみが色めき立つのがわかる。

きみはよい泣き虫だからＰＡＲＭだけ持って泣いたりしちゃいけないよ

夢にある　希望にはない　誕生日だからあなたの胸の木が鳴る

縁日じゃないけど屋台が並んでるそっちへ行くための遠まわり
大声でケンカしたあと広々とオレンジジュースを飲みたくなった

ケンカはオレンジ死にたいはリンゴ恋はグレープ果たし状はコカ・コーラ

今日がはじまったばかりのふたつ眠そうなねこの瞳に朝日が映る

十時ぴったりに部屋を出て（代々木公園）十七時ぴったりに帰宅
発酵食品多めの夕飯食べた後お布団のなかで身も心も

やりたいね、やりたいことを起きてからやりたいことをやって寝たいね

ねじったりまわさなくても閉じられるきみの目蓋はとても優秀

ヘッドホンの真心ブラザーズがトタン屋根を引っ剥がす轟音を打ち負かす

ショーをする象が笑っているようにみえたよくみても笑っていた

釣り好きが高じて竹の釣り竿に目がない人の輝きっぷり

風が頬にあたる日々に木々に繰り返しのほうの感情がある

雨降りの朝には雨が降っている　お久し振りね、傘をひらいて

雨の日のテラス席でも雨が降りこまないように守ってくれる

きみだけを守る空気があるでしょう　お土産にしたくなる、空気だ

ホットファッジサンデーたべてから　渋谷、献血カーにのぼった

眠ってる顔にもきみの表情がある　偉大だな　今日だけのきみ

病室に食べ物もっていくときはエレベーターに乗らないルール

たこ焼きをたべたい？　なんて聞かなくていいよ　いつでも食べたい　いつも

知識にも意思が宿るの勉強がこの世を救う手立てになるの

あの子が信じてくれたらって　それだけ　カセットテープを裏返すだけ

甘栗をティッシュに並べ雨の日の旅番組をみる　外も雨

空軍のマーチ明るい　いつだって貝の寿命はとっても長い

ださい広告見上げてみれば夕まぐれ優しい顔の優しい女の子

どうしてもスケッチをした三日月に正面から見た目と鼻を描く
人気ってなんなんだろうこの店でよく出るパスタをみんなで食べる

金色の刺繡はなぞりがいがあるパールグリーンのキャップのマーク

人間が掘った穴なら地獄には通じてないと信じて落ちる

はげているおじさんが、はげのつきって、言いながら食べる　萩の月

お土産を貰って少し置いてから食べた　置いていた場所がさみしそう

今日も生焼けの愛がする、愛?　味、だよ。生焼けの味がして大好き

八月は羽毛布団の上で寝た　九月、十月、だんだん潜る

ギプスした足を動かす　もう一度　心の底から、動かす気を出す

五週間枯らさなかったもっともっと素敵なものを地獄に送る

いままで報われなくてよかったな　コブシが群生している道もよかったな

ああ低い月が出ていて前を行く小学生の頭にふれる

全身に小鈴をつけた老人のベローチェ滞在時間は短い

首里城が燃えているのを肉眼でみているひとをテレビでみてる

からかって喉が渇いた犬のよう外で飼われた犬の時代の

円卓を日当たりのいい一角へ動かすためのこの腕捲り

人間の体は粘土で出来てないから殴ってもその形にはへこまない

ライターの火のイラストがものすごく上手に描けて火が好きになる

雨の日にひとりで来たらログハウス火も水もないあくびも出ない

きみのこと好きになってよかったよ辺鄙な道の影になりに行く

不細工な鳥のお面をつくったら鳥の全てがうつくしいと思える

洗濯をしている合間に自室にて滝のみつかる夢をみました

子どもって奇跡をひき起こすとき　どうして発狂しないんだろう

歩くときメロディがほしいビル風を口にほおばるときにもほしい

眠れずに自室でめくる名作に巨大な鳥の影が横切る

物事に裏と表とあるならばあなたがみてるそこからみたい

３ヶ月先の寒さの完璧なムーンウォークを思い浮かべる

ピアノ、ピアノ、８８の鍵盤の　冬の展望台の空気の

すっぽりと月がみずからポケットにもぐってしまう恋に落ちたら

お布団を噛み締めているほんとうに噛んだら羽毛があちこちに飛ぶ

千四百円のフィッシャーマンニットを着て千四百円の価値を上げたいな

友だちの実家の林檎たべるまで花の代わりに玄関に置く

肩車をしたい気持ちで冬の日と晩ごはんの買い出しをする

夕暮れてやっと輝く包丁のきゅうりの薄切りねぎの厚切り

お鍋できたよって　よ。に力が入る　よ、によって持ち上がる

赤星があるならいつも赤星で雰囲気が味わいを変えるよ

花と松　誰でもできるイージーな世界よ　椎茸の飾り切り

あれはたぶん壊れた針をふたつとも外した梟の掛け時計だ

柄の長いフォークで苺をたべました　苺が近づくごとに大きい

死ぬこともある夢のなか郵船を見送る夜はきよしこのよる

風で、日めくりカレンダーめくってごらん　新しい月がみえるよ

レコードプレーヤーがある部屋で目が覚める今日からずっと、ずっとずっと

そばにいてくつろいでいてほしいけどくつろいでると眼鏡がくもる

象の鼻も冷えるんだろう珈琲はお湯をたらしてじっくり蒸らす

ちょっと無理させて曲がった川沿いの道は、太陽　遅れて見えた

強そうにみえたとしても柔らかいくちびるに送るよ　ラ・フランス

信号を待っている子のリュックには2匹の熊が口づけていた

キジトラの子猫が今日は振り向いてこっちの空気に興味を示す

おいしい、の手話を覚えた　噛みながら何度もできる　みていてほしい

憧れの電車の名前を、もう一度　はしょらずきみは教えてくれる

友だちが来てテーブルをくっつける　新しいテーブルの大きさ

やってきたときは元気でいまはもうしょげてるなんてサラダは仲間

世界をダッフルコートにするならば三日月三つ留め具にしたい

きれいな　カルボナーラ色の月　きみがいなくなったとき食べたいな

まだ暗い空だからこそ自転車のブレーキひとつ手土産になる

近所を2周する　散歩の豊かさがやってくるまえに切り上げた

突風を若い風だと呼ぶきみに焼きたてお芋半ぶんあげる

黒ビールのんで夕方5時以降のコロッケと月　愛は凡なり

ひとりでもごちそうさまを言いましょう太った土偶を思い浮かべて

虹色のリボンのついた盆栽をもう一度みてから思い出す

連絡網を好きだったのは雲のような吹き出しでつながっていたから

常盤台にすばらしい印刷会社があることを住所を書きながら誇らしくおもう

レモンティーの香りとわかるこのホットケーキシロップこの世の限り

本日のコーヒーください、本日も、珈琲庵の珈琲が好き

珈琲をそそがれるとき丸ごとのコーヒーカップにわたしはなれる

豊かさにならないちょっとした間だけ　目をつむったり、息をすったり、

あと3回　と、おもうとなんとなくできる早起き、星も、窓も、結露も

リクエストカードに名まえを書くときにたった一瞬遅れてしまう

月　とだけ、伝えたくなる　ひとつだけ胸ぜんたいに月が広がる

雲を豪快に動かす風でしょう息を吐いたら取り込めるでしょう

真夜中に雪平鍋であたたかいカスタードクリームをつくったら？

トーストに蜂蜜を塗る空のうえ貨物機と貨物機の操縦士

ひとりきりビルのトップに残された赤いクレーンのようにさみしい

この部屋を通過する風、隙間から入り込む風　離ればなれだ

平日の電車の顔は日陰から日なたに出ると誇らしそう、かな

友だちと別れたあとの男の子週刊誌拾って颯爽と行く

ひっくりかえしたら全部ボアのパーカーの子猫の友だちになりたい

レコードを2枚続けてきいたから6回レコードを持ち上げた

透明の瓶　透明で緑色の瓶　透明でチャコールブラウンの瓶

おなか丸出しで子猫が眠るから空気のでっぱりとして立っている

東京も空ひろいよね、空をみて言ったら　そうね　と、空が　もっと

青色の麦わら帽子を冬に買う出会い頭の夕日が低い

心臓を心臓めがけ投げ込むとぴったり抱きしめられる雪の日

バックホーが力の限り掘り返す明日の土に頬ずりしたい

手の縁で集めてくれた塵と星　そこに立つたびわたしは生きる

きみがきたときだけ冷蔵庫がにぎわう冷凍庫だってにぎわっちゃう

恵比寿には鯖専門店があるんだって代官山からのほうが近くておいしいんだって

あの世から呼べばこの世の公園の花のパネルもあの世なんだね

スカジャンの胸には鳥のワッペンをつけたらそれはあなたのものだ

バスとバスすれちがうときその幅の空気がひとを励ますだろう

有名な講師の写真　ゆだねたい　カルチャーセンター通ってみたい

眺めたときはまだあったのにニューヨークチーズケーキを食べ損ねた

オオイヌノフグリでうまるバス停の花壇にくるまって眠る猫

エリエール花のシリーズ　地獄にも花の匂いは届くでしょうか

くるしくて薄目でみたら雛あられ食べたそうにしている幽霊がいた

蜂蜜のこびりついてる蓋うらにローリング・ストーンズの歌詞の落書き

そばで話すと秘密をしっている仲のようで蜂のようでお守りのようで

長剣のように背骨をぬいてごらん　ペチカ、ペチカ、ねむってはだめ

足元が覚束なくてオールスターきみのその希望のようなオールスター

一人旅　善くも悪くもないことをしたいな春の緑の下で

寝てたのに体は箱根に着いている電車は体しか運べない

山頂でヘリコプターから降りてくるオレンジ色の救助隊員

お土産のサブレはきっとその土地の空気を持ってきたならいいね

友だちに会いたい　会って野ざらしの畳の上で花見がしたい

早咲きの桜を落とす鳥がいる両手をお椀にして受けとめる

鳥は鳥の流れで落とすその途中から途中までをたのしむ

桜ごと鳥がついばみくるくると桜がまわりゆっくり落ちる

落雁を噛むたびこれをもう一度味わいたいと　落雁を噛む

はじめての場所で待ってる、大丈夫　身から出た錆ぬぐわずおいで

三つ編みをほどいてみせる桜ばなむこう百年かけて膨らむ

年老いた裸とならび髪を梳くそのとき夜の小さいボート

眠れない夜だね走る荷台には古いブルーが光る真夜中

ふくらはぎぺらぺら引っ張りながら言うShakespeareの長い台詞を

浅黒い手の甲のなか強張ったラジオが満開ですと伝える

出るときもしっぽが長い猫のよう口をすぼめて呼吸をすれば

この世からみられることとみることを同時にしてる　お花見をした

わらった顔が可愛いよ　車いす　タイヤが桜を巻き込むたびに

ゆびの腹で桜をひねるつくりだす薄いピンクのタワーができる

ない襟は正せなかったないない襟をきみに興味があるから正す

桜色四月安直かわいいいね卓上カレンダーはどれでも

はしゃいでもはしゃいでも追いつけない頭の中の駆ける春野に

きみはまぬけ数世紀後のお花見の特等席で泣きだすなんて

お花見をしたあとくれた双眼鏡は小さくて首からさげられて優れもの

チーズのこびりついたフォークを磨く不幸せなポニーのいない休日

油壷マリンパークに向かうのと通勤で乗る電車はちがう
とかさずに乾いた髪が満開のこの身を守る桜のようで

夜どんなに静かにしていてもそばにいる息や空気に親しみがある

雨の日は雨ばかり見る表情のない生き物だって珈琲をのむ

わかってるけど忘れてる春の猫　宇宙に行った尾っぽのリボン

会いたいと思う休日寝そべって木漏れ日の水玉きもちいい

楽しそうな人生らしい電線の五線譜にいま引っかかる月

皺のない顔をしている人だけが食べたことないお菓子を作る

日の翳る小道に息を放つのちいただく空気に身を任せたい

かまくらを布団でつくってきいているクールダウンに最適の雨

珈琲が体の一部になったのでこぼさず歩くことができます

ああ、きみの涙はきみを救うから丈夫な肌に丈夫な涙

日本海みたいなお酒のつぎ合いをしているみたいな会話だったよ
話すかもしれない話をしなかった青信号が映える早朝

満面の綿毛をもったきみがいるどきどきするのに限界はない

月がいちばんポケットに入れたいものだなって月に聞かせてから寝る

解説　月と散歩

大森静佳

全身にくる会いたいという気持ち山ですという山の迫力
バックホーが力の限り掘り返す明日の土に頬ずりしたい
心臓を心臓めがけ投げ込むとぴったり抱きしめられる雪の日

自分が心を持っていることが、うれしい。そして、誇らしい。愛の疾走感に満ちたこの歌集を読むと、そんな気持ちがこみあげてくる。愛は、会いたいと思う誰かにたいしてだけではなく、山やバックホーをふくむ世界全体にたいして注がれ、そして山やバックホーの側もまた、不思議といのちをもって躍動している。ときめく心が、自分のからだをはみだして外へ外へと踊りだしてゆく。そんな勢いのなかで、一首一首が、ぴちぴちと立ちあげられる口語のリズムによって、ちいさな渦巻きのように動的に輝いているのだ。

この世からみられることとみることを同時にしてる　お花見をした

お花見をしているとき、私たちがみあげている桜の木や青空も、同じようにこっちを見ているという。からだや言葉を所有している人間がこの世界を一方的に見る、さわる、あるいは表現する、というような、人間の優位性を相対化しているところがおもしろい。自分から世界へ、と同時に世界から自分へ、何かあたたかいものが行き来している。けっして一方通行ではなく、双方向に触れあうようなこうした感覚は、歌集の根っこに体温をもって流れているのではないだろうか。

からだをもっていることが特別なんじゃないかって、風と、風のなかを歩く

風に、ついてこいって言う。ちゃんとついてきた風にも、もう一度言う。

太陽がシーツを乾かしてくれるシーツは太陽を忘れない

あなたのほっぺたに落ちてすべるまでこの世で雨とよばれてあげる

珈琲が体の一部になったのでこぼさず歩くことができます

一首目の歌を、第一回笹井宏之賞の応募作「シー・ユー・レイター・また明日」で読んだときのさわやかな衝撃は忘れられない。風、雨、太陽。考えてみればたしかに、この世には「からだ」を持たないものがたくさんあって、「からだ」を持って生きている私たち人間はむしろ、例外的な存在なのかもしれない。そしてときに、歌集のなかの「わたし」は物体としての「からだ」からなかば溶けだして、「風」と一緒に歩こうとする。「わたし」と風が、ふるくからの友だち同士であるかのような親密な対等さが、これらの歌にはある。いわゆる擬人化ではなくて、みずからが風の仲間になりに行く感じが独特なのだ。四首目では「わたし」は雨つぶとなり、五首目ではコーヒーカップに変身しかかっている。「この世からみられることとみることを同時にしてる」という意識が、こんなにもすこやかな主客の混在や逆転をみちびいてくるのだろうか。

ルビーの耳飾り　空気が見に来てくれて　時々ルビーと空気が動く

きみだけを守る空気があるでしょう　お土産にしたくなる、空気だ

お土産のサブレはきっとその土地の空気を持ってきたならいいね

夜どんなに静かにしていてもそばにいる息や空気に親しみがある

「空気」がたくさん登場する歌集だ。対象そのものよりも、自分と対象のあわいの空間をうごく「空気」のほうに、どうやら作者の興味はあるらしい。一首目の「見に来てくれて」や四首目の「そばにいる息や空気」という表現から、空気もやっぱりいのちを持つものとして、まるで友だちのように慕わしく感じられていることが伝わってくる。目には見えないけれど、自分と世界（対象）の双方向性をつねにやさしく支えてくれているのは、この「空気」なのかもしれない。自分が一方的に「見る」側に立つとき、そこには空気がないか、あるいは空気の流れがストップしてしまっているのだ。「空気」と親しくすることによって、「この世からみられることとみること」を同時にできるのだ。そしてこの作者は、「空気」を新鮮なままつかまえて、短歌の定型に吹きこむことに、ものすごく長けている。

日当たりのいい公園のブランコは夜になってもギラギラしている

お土産を貰って少し置いてから食べた　置いていた場所がさみしそう

バースデー・ソングは歌い出す前の表情さえもバースデー・ソング

ボウリングをする前日は透明のボールとレーンがどこにも見える

直接「空気」という言葉が出てこなくても、これらの歌はやっぱり一種の「空気」をとらえようとしていると思う。昼間、太陽の光をたっぷり吸いこんだブランコは、夜になっても余力（?）があってギラギラ光っているように見えるし、お土産をしばらく置いていた場所が、急にそのお土産を失ってさみしそうに見える。バースデー・ソングを歌うひとの表情は、歌いだす一瞬前からすでに、特別なわくわくが滲んでいるように見え、ボウリングに行く約束のある前日は、楽しみすぎて幻のボールとレーンが見えてくる。どれもひとつの発見であり、確かにそうだと納得させられる。ある出来事の前後の時間と言ったらいいのか、人やものがまとう空気の微妙な変化と言ったらいいのか、とにかく普通は言語化されにくい部分が、とても平明な言葉で掬われている。

夜をめぐるモノレールいつみてもピークいまこそがピーク進んでいくよ

お鍋できたよって　よ。に力が入る　よ、によって持ち上がる

自分と世界のあいだを流れる「空気」を、いかに新鮮なまま言葉にするか。心の動きを、いかにその一瞬のときめきに忠実に言語化するか。作者のつかう口語は、その点において口語以上に口語という感じがする。リフレインをゆたかに取り入れながら、なめらかには読ませない、句またがりをそこに見出すことさえ拒むような破調のリズム。生まれたばかりの子鹿がはじめて歩くときの足どりのような、真剣で尊い散歩を、読者はどきどきしながら見守り、気づけばいつのまにか、作者と同じ道を一緒に散歩しているのだ。

月比べしながら歩く一本道　そっちの月も見頃だろうね
珈琲の染みがついてるデカマグを人間のほっぺたみたいにさわる
荷台から飛び降りた猫みてごらんおおやけになる夕焼けだから
猫の影、月の光でのびている　話しかけたい地面のつづき
岬というお店と崖の上に立ち雨の切れ間で日に焼けている
大声でケンカしたあと広々とオレンジジュースを飲みたくなった

「月比べ」「デカマグ」「おおやけ」といった、ほとんど造語のような言葉をそのまま無頓着

に取りこんだ歌も魅力的だ。言葉が明滅する作者の脳のなかを、自分だけが直接見せてもらっているような、親密な感覚におちいる。六首目「月の光で」の「で」で月の光がちょっぴり能動的なパワーを持ってくる感じ、七首目「お店と」の「と」（with）で「岬というお店」がいのちを吹きこまれる感じ。八首目、「広々と」という不思議な措辞は、がらんと広くなった心がオレンジジュースを欲しているイメージだろうか。

こういう歌を読んで一番思うのは、ひとつひとつの言葉が、息をしているということだ。とれたての野菜のようにみずみずしく、生きている。心と言葉の距離がものすごく近い、と言ってもいいのかもしれない。精緻なデッサンではなく、色鉛筆でささっと描いたスケッチのような趣。そのスケッチのなかでくるくると変わるゆたかな表情が、ただひたすらいとおしい。

月がひかってる月がひかっているチャンスを棒に振るように生きて
ああよかった。どこにいても月がみえる。悲しみが色めき立つのがわかる。
この世が春じゃなくても秋じゃなくてもお花見をしてお月見をする

歌集のなかで、「きみ」はしばしば泣き顔を見せるのに対して、「わたし」は泣かない。一滴の涙も見せず、愛情ぶかいひとみで世界を見つめている。読者は、書かれている感情だけをたどりながらも、ここに書かれていない感情に思いを馳せざるをえない。たくさんのものを捨象して、短歌のなかで、作者は愛に賭ける。からだを持っていることに慣れない心、言葉を持っていることに慣れない心。不慣れなまま、それでも月をみあげ、桜をみあげ、生きてゆく。

連作というかたちが取り払われたこの歌集は、「月」の歌ではじまって「月」の歌で終わっている。宇宙にたったひとつしかないのに、誰からもどこからも見える月。いつ見ても見頃な月。そんな月が、おそらくは作者にとってお守りのような存在であるのと同じように、『サワーマッシュ』の短歌も、きっと多くの読者のやさしいお守りになるだろう。

あとがき

小さいスケッチブックに白いクレヨンで
画面いっぱいおばけの絵を描いた。
白いクレヨンには、
ところどころ桃色や緑色のかけらがくっついて
白いおばけを白く塗っていると、
ぴいぴいと突飛な色がおばけに陰影をつけた。
その日は暗がりで、病み上がりだった。
それを歌集の表紙にしたいような気もしたけれど、
誰にも見せない短歌が、
ひとつこの世に残っているのもいいように思う。

二〇二一年三月吉日　谷川由里子

谷川由里子（たにがわ・ゆりこ）

１９８２年神奈川県生まれ。早稲田短歌会への参加を経て、２００５年ガルマン歌会の連絡係をはじめる。第一回笹井宏之賞大森静佳賞を受賞。

サワーマッシュ

二〇二一年三月三一日　第一刷発行

著者　谷川由里子
企画協力　永井祐
編集　筒井菜央
装幀　北野亜弓（calamar）
発行者　小柳学
発行所　株式会社左右社
東京都渋谷区千駄ヶ谷三ー五五ー一二ヴィラパルテノンB1
TEL　〇三ー五七八六ー六〇三〇
FAX　〇三ー五七八六ー六〇三二
http://www.sayusha.com
印刷所　創栄図書印刷株式会社

 ISBN978-4-86528-022-7